¡CHAF!

Philippe Corentin

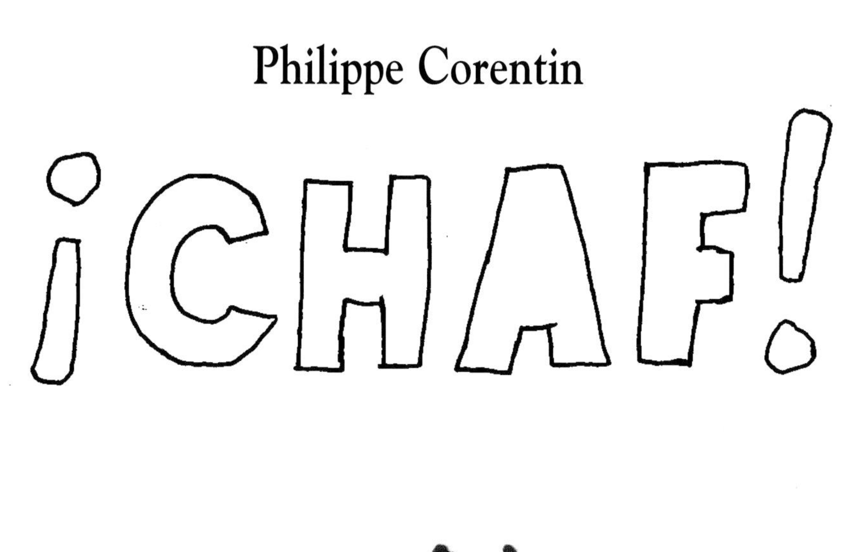

Editorial Corimbo
Barcelona

Ésta es la historia de un lobo que tiene mucha hambre, pero mucha que muchísima hambre.
Una noche, ve un queso en el fondo de un pozo.

Se inclina para atraparlo.
Se inclina más y más, y… ¡chaf!,
se cae al agua.

Entonces se da cuenta de que el ques...
¡Cataplum! ¡Ahí va el cubo!

... pues entonces se da cuenta de que el queso
no era sino el reflejo de la luna.
Está furioso, empapado, tiene frío y no sabe
cómo volver a subir.
¡Se oyen pasos! Ahí arriba se acerca alguien.

Es un cerdo.
«¿Qué haces ahí?», se extraña el cerdo.
«Bueno, aquí estoy muy bien, fresquito, fresquito, y hay un queso enorme. Puedes venir si quieres...»
«Vale, pero, ¿cómo bajo?»
«Agárrate a la cuerda», dice el lobo.

¡Ale! El cerdo baja.

Y, ¡ale!, el lobo sube.
A ver si atrapa el cerdo…

¡No! El cerdo, gordo como un cerdo,
baja demasiado deprisa.
¡Falló!

«¡Menudo cerdo!», dice el cerdo cuando se da cuenta del engaño. Aquel queso enorme no era más que el reflejo de la luna.

Tiene frío y está furioso. ¿Cómo va a subir?
Pasa el tiempo. Cada vez tiene más frío y
cada vez está más furioso.
El lobo se ha esfumado, la luna también. Es casi de día.
¡Se oyen pasos!

Es un conejo. Una familia de conejos.
«¡Anda! Pero, ¿qué haces ahí?»,
pregunta papá conejo.
«Bueno, aquí estoy muy bien. Me baño,
nado, me zambullo…
Me divierto un montón.
Aunque ya me iba, porque, como
en todos los pozos de zanahorias,
hace demasiado calor…»

«¿Un pozo de qué...?», exclama el conejo.
«¡Un pozo de zanahorias!», grita el cerdo.
«¿Cómo se baja?»
«Para bajar a un pozo
de zanahorias, señor conejo,
se usa el cubo», se impacienta el cerdo.

¡Ale! Los conejos bajan.
Y, ¡ale!, el cerdo sube.
«¡Que aproveche!», dice el cerdo.
«Cuidado con las indigestiones.»

¡Brrr! Los conejos tienen frío.
Les castañetean los dientes y,
claro, no hay ni una sola zanahoria.
Se encaraman,
pero no llegan muy arriba.
¡Se oyen pasos!
¡Uf!, es un lobo. El lobo
de antes, el que tenía tanta,
tantísima hambre.
«¡Ji! ¡Ji! ¿Qué hacéis ahí?»,
se burla el lobo.
«¡Caramba! Ni te imaginas
lo bien que se está...»

«¡Bla, bla, bla! Ya... ya...
Y apuesto a que
hay un queso enorme,
¿no?», responde el lobo,
mondándose de risa.

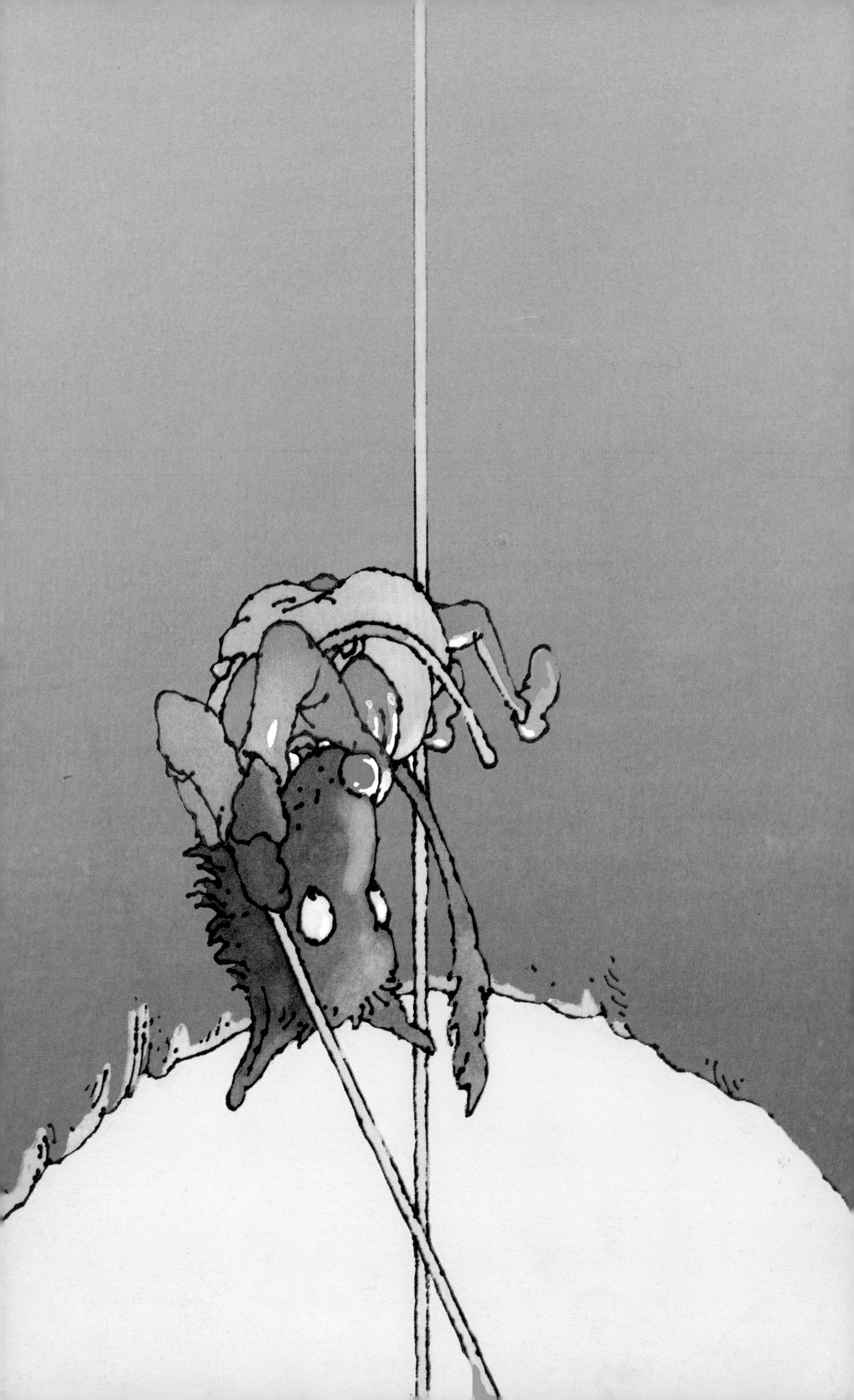

«No, no hay ningún queso,
pero hay un montón de conejos
para comer», responde
el astuto papá conejo.
«¿No lo prefieres?»
«¡Claro que sí!»,
exclama excitado
el lobo que, olvidando toda
prudencia, agarra la cuerda
y se arroja al pozo.

Y, ¡ale!
Los conejos suben.
El lobo intenta
atrapar uno al vuelo
pero, tanta prisa tenía,
que baja demasiado rápido.
Mucho más rápido
de lo que quisiera.

¡FALLÓ!

¡Chaf! El lobo cae al agua.
¡Uf!, suspiran los conejos al llegar arriba...

... y, ¡cataplum!, resuena el cubo.
Y, ¡ay!, se lamenta el lobo.

Traducción al español: Mireia Porta i Arnau

1ª edición, noviembre 2000

Título de la edición original: « Plouf! »
Impreso en Francia por Aubin Imprimeurs, Poitiers